吳明娟 著

自由出走

推薦序
跨界的視野

WeR藝術村執行長　陳姿仰

自由

遠方隆隆的炮聲滑過心田，望著新聞台，恐懼隱在心頭，假裝看不見，甚至不再打開電視，低頭滑手機，選擇自己喜歡的影片，YouTube隨意滑過，這是這一代年輕學子的狀態。看不見不表示不存在，詩人明娟不只雙眼看到還用筆一一紀錄，大力鼓吹詩人們努力吶喊振筆撻伐。

靈魂勾勒的是世界和平，激動的是被欺壓的不公平。

靈魂飛舞的夜晚，心中鎖住的依然是「自由」的呼喚。

詩人生活在自由平等的台灣卻無法不被世界的動盪所影響。詩人血中雷達天線所恐懼的出發點，應該是身在處處想併吞你的強國旁邊的島民宿命吧！無論香港反送中、俄羅斯入侵烏克蘭、阿富汗女鬥士遭遇、西藏歌手自焚抗議、蒙古文化被消失、以阿衝突彼此互相殘殺，這些被壓迫的事件受到詩人強烈回應。強權欺壓弱者，國際情勢如此，身邊小孩、豬、狗、貓、窮人的處境，詩人也均能感同身受。

這些血腥暴虐的訊息，詩人想用「一隻牙籤」來「撥正輪迴的巨輪」。〈打轉〉以一支微弱的筆吶喊回應世界的混亂，但活著就必須跟著世界旋轉的無奈，詩人選擇像種子般躲在土堆裡不想發芽。

假裝看不到，卻什麼都望見。

出走

身體的自由不表示心靈也是自由的。選擇離家「出走」，放逐歐洲，呼喚愛情卻換來滿身的寂寞。「出走」是一種反抗，也是自我追尋，靈魂漂泊，從一個穩定的生活舒適圈，「出走」追尋「自由」。

身體「出走」的第一站巴黎，詩人離開育養她的土地，流浪巴黎，目睹巴黎的浪漫與殘敗，了解愛依然是這座城市最後苟延殘喘的幻影。「出走」的第二站在阿姆斯特丹看著北極星等待他的歸來。由折翼的烏鴉、魚的死亡反射自己內在的寂寞跟恐懼，擔心被遺忘也擔心著靈魂會孤寂死亡。

憂鬱症的干擾假裝一切都沒事，「微微笑」反而讓人更心疼。

若不是一顆連同水一起被倒掉的奇亞籽「在盆栽的一角冒出茂密的新芽」，被拋棄的種子反而冒出新芽的提醒，讓詩人有力量出走困境，重新燃起新的希望。

真正的「出走」不是身體的離開而是心靈的自由。

「自由」是甚麼？

離開是為了再回來。

對世界的關心到心靈自我的追尋，眼睛對外的觀看，漸漸回歸自我內心的存在。「自由」真的出走了嗎？世界的混亂依然干擾著詩人，強權的劣根性，弱小的詩人依然只能以書寫文字怒吼，對抗世界的無奈。但漂泊的靈魂，躲在黑暗的種子，回到原生的家，終於甦醒，發芽長大，找回真正的自我。

生命中不可言喻的輕

是的，心靈的自由正蓮步輕移，緩緩吐氣，邁向內心真正的自由。

「我」的存在活在記憶之中，「我」在記憶中尋找記憶，是回憶架構了詩人？還是記憶成就了詩人？在反覆的辯證過程，肯定與否定間來回清洗，像海浪一波波洗滌詩人靈魂，逐漸成就了「吳明娟」這個人。

這是終點嗎？我想應該不是，詩人明娟還年輕，還有很多的課題需要解決，如何保持面對問題的正義感，及持續不斷創作，或許才是真正擁有了「自由」吧！

推薦序
跟著詩追求自由
——讀吳明娟詩集《自由出走》

《笠詩刊》主編　李昌憲

吳明娟這本《自由出走》詩集，她在自序中說：「希望這本《自由出走》能夠完整紀錄我三十餘歲的心境與對世界的提問。」她所關心的社會現實，面向更寬廣更多元，詩的主題明確，令人驚喜於她驚人的創作力。

《自由出走》詩集分成三輯，第一輯自由之歌，收錄二十六首詩，寫俄國入侵烏克蘭篇幅最多，寫香港為守護自由民主的反送中、內蒙古被禁母語、西藏人民被壓迫、印度及阿富汗女權危機、以巴衝突等。第二輯出走，收錄十四首詩，寫旅遊歐陸的所見所思所感。第三輯土壤，收錄二十二首詩，審視同時以詩紀錄生活的這塊土地。她在詩集的自序有寫詩的緣起：「二〇二二年發生了許多重大的事件，嚴重的戰爭情勢，國際衝突與能源危機，看到這些人類互相殘殺的資訊，我的情緒一直在醞釀，也藉由詩歌來抒發。」

她寫香港反送中：

為了悼念躺在血泊裡的你
今晚，我來了

（略）

為了悼念自由與民主
我的雙手已經上了銬

靜靜躺在你們的一側
直到那空洞的回音
不斷鑽進我的腦海
「公義、公義、公義」

親愛的學生們
今晚，我來了

她把這首詩獻給勇敢的黃之鋒等人，彷彿自己跟他們站在一起，為自由挺身而出。而繁榮自由的香港主權，已經被中國共產黨沒收！香港反送中筆者寫過〈驚動全世界的眼睛〉第三段：「港民意識到／每一次呼喊／可能是／最後一次呼喊」抗爭最終被拘捕被判刑，甚至被消失！

香港自由被中共沒收，接著還想沒收台灣，台灣的民主自由，對中共是如鯁在喉，戰機軍艦天天來挑釁！戰狼到處挑起爭端，邪惡真面目已無所遁形，成為民主國家的公敵。隔著台灣海峽的台灣，在國家主權保護下才存在，執政者有責任保衛國家，免於敵人侵略；如果戰爭一旦發生，所享有的民主將快速瓦解，自由也蕩然無存，人民將陷入恐懼不安，以香港為鏡，值得台灣人深思。民主自由得來不易，台灣卻有許多人不知珍惜守護，還唱衰台灣！明目張膽唱和善騙的中國，真是匪夷所思，令人扼腕嘆氣！

閱讀〈憂傷的馬頭琴〉，讓我回想起二〇〇五年七月，曾跟一團詩友們去地廣人稀，主權獨立的蒙古國，在首都烏蘭巴托參加第一屆「台蒙詩歌節」，我們在國家歌劇院，第一次聆聽馬頭琴演奏，琴音悠揚而壯闊的草原意象，震撼我心。吳明娟的〈憂傷的馬頭琴〉，開始即寫下：「有人問我／馬頭琴拉來為何如此憂傷／在幅員遼闊的草原／拉起了故鄉的終曲／我們是被遺忘的部族／來自驍勇善戰的騎士」，詩末兩段重複設問：「有人問我／馬頭琴音為何如此憂傷／／當你再也聽不到一個真正的蒙古人為此吟唱」。原來她的憂傷在於，對南蒙古被強迫使用漢語授課的迫害感到憂傷。蒙古國已經獨立，同種族同語言的南蒙古，卻被中華人民共和國的專制政權統治，被迫放棄自己的母語。

台灣人也經歷這種憂傷，我從小學開始學國語，曾被迫使用國語書寫；更惡質的是用槍桿子維持統治與威逼，造成二二八事件，只為鞏固政權，直到解除戒嚴。吳明娟在解嚴後出生，看到這世界戰禍頻仍，人類互相殘殺，骨子裡自由奔放的血液流動成一首又一首的詩，有情緒抒發，有無聲勝有聲的控訴與批判。

她寫〈一束花〉獻給烏克蘭，心中湧起悲憤，反戰心理貫穿整首詩，且不著痕跡地控訴侵略者。「插一束花，為了紀念鮮紅的季節」，為了那些無辜死去的人民，流出的鮮血，怵目而揪心。「花束充滿層次的紅／向四周延展」戰火一直延燒，侵略者一直挺進，砲火並非精準炸射，從新聞報導所見，彈著點四周平民住宅、醫院等公共設施，呈顯一片廢墟景象。這首詩的末段：「紀念那些／因一個人／巨大醜惡的雄心下／所逝去的／美麗靈魂」。俄國入侵烏克蘭，侵略者的雄心，往往用謊言包裝，愚弄自己的人民，合理化侵略的目的。包藏著邪惡的野心，荼毒著原本安居樂業，生活無憂的人民，跌入流離失所，妻離子散的煉獄。原本認為輕而易舉可以占領烏克蘭，遇到全國同仇敵愾，誓死抵抗，為民主自由而戰。至今，戰爭已經兩年多，仍陷在焦灼中，我們只能期望戰爭快結束，侵略者必敗，讓世界秩序回復正軌。

〈罪〉這首詩則有反思造成人類傲慢、嫉忌、憤怒、怠惰、貪婪、暴食、色慾的原罪，全詩如下：

一位印度女性
因露出肚臍被榮譽槍殺了

坦克壓過田野
一名烏克蘭的少女被輪番強暴

載運豬隻的貨車行經城市
一隻豬仔發出不安恍惚的悲鳴

深夜爬行的蟑螂
被我用酒精處死

人類到底是一種怎樣的生物呢？

內心隱約有些抽痛
豔陽日下微風輕輕拂過髮梢

詩的前四段，每段兩行，主述四個事件。直到「深夜爬行的蟑螂／被我用酒精處死」，至此，她以「設問」的方式反思：「人類到底是一種怎樣的生物呢？」那既熟悉又陌生的人類，怎麼這樣可怕！在地球上，殺死最多同類的，就是人類！極盡恐怖殘暴，泯滅人性的手段；卻口口聲聲喊：愛好和平！愛好自由！反思人類這生物，虛偽善變，這世界到底怎麼了？人人本來具足的良善，因爭權奪利，而被人的貪嗔痴綑綁，致詩人啞口無言，極其諷刺道出這些不堪。而詩人只能眼睜睜看，用「內心隱約有些抽痛／豔陽日下微風輕輕拂過髮梢」的詩句來紀錄人性的醜陋，無助且無奈。

第二輯出走的視角觸及歐陸世界，時而詩意翩翩，時而情意綿綿。在〈百年哈倫〉跟著詩的段落，跟著走進愛情故事濡染的時光隧道，全詩如下：

從紅瓦磚頭的隙縫
透出海水潮溼鹹味

一隻海鷗，發出難以言喻的怪聲
我的心頭像被榔頭重擊

牠掠過古老的磚頭小巷
一路飛向東方

我臆想，你正拖著歡愉且蹣跚的步伐
無力地倚靠在異國牆角

清晨的光透過你的身軀
形成了模糊不清的陰影

這是一個被歷史刻蝕的海邊小鎮
從凹陷的鑿痕，可窺見幾世代的情愛糾葛

我坐在舊城鎮的邊緣，望向你所在的地中海
就像同極的磁鐵，你被推向尋找自我的旅程

有對情侶並肩漫步，順著運河的水步向大海
金黃夕陽灑落身後，像黃金鑄造的婚戒光暈

我依舊默數你歸來的日子
那是珍藏盒裡彩色貝殼的數量

而北海的風飛越哈倫
像數百年來探尋世界的船隻

我像一座燈塔，靜默地佇立在海灣
期望你停泊時，將燈輕柔灑落那疲憊的棧板。

這首詩用來紀念荷蘭海邊古城哈倫市（Haarlem），讀來詩意與情意纏綿，娓娓述說一段愛情故事，「這是一個被歷史刻蝕的海邊小鎮/從凹陷的鑿痕，可窺見幾世代的情愛糾葛」，而想念總在離開後開始，或許因著想念而舊地重遊。燃起「我坐在舊城鎮的邊緣，望向你所在的地中海/就像同極的磁鐵，你被推向尋找自我的旅程」，磁鐵總是相吸，黏在一塊，除非外力因素，人與人之間相吸或相斥，感情糾纏的陷入或離開是說不清的。當自己靜靜覺察，追憶過往的情感，才會有深刻的體認。彷彿回到「有對情侶並肩漫步，順著運河的水步向大海/金黃夕陽灑落身後，像黃金鑄造的婚戒光暈」，看詩句如同觀看電影螢幕，好浪漫的場景。

末段「我像一座燈塔，靜默地佇立在海灣/期望你停泊時，將燈輕柔灑落那疲憊的棧板。」生命會在矛盾與衝突中成長，如果自己像一座燈塔，必有許多愛戀與期待，靜默地矗立在海邊，等待與期望你停泊時，將燈輕柔灑落那疲憊的棧板。深刻感受到時代的衝擊，人像疲憊的棧板時，會再望向她嗎？充分表現內心的掙扎與浪漫期待。

第三輯〈年輕詩人的崛起〉這首詩，寫出很多詩人的初心，想當年我亦如是。「對這荒謬社會／我發出了第一聲呻吟／將筆鋒削尖／在紙上進行廝殺／用疊字和韻腳／還有那晦澀的意象／勾勒出我赤裸的心」。她用筆寫出自己的工作與生活，尋找發表的機會。我當年可以投稿報紙副刊、文學雜誌發表。而讀書與寫作是分不開的，為了擴展視野，買想要看的書，寧可餓肚子，也要省下買書的錢，熱衷買書藏書；買了許多書，也看了許多書，看完放在書架上，美其名藏書，結果是書滿為患。

隨著寫作時間拉長，發表的作品累積到一個數量，總會興起出書念頭。第三段「將所有的故事／集結成一本書／抬起頭／便要去拜託長輩寫序」，拜託長輩寫序推薦是必然的過程，序已經寫好了，接下來是籌出版費用，有時連生活費都成問題！遑論籌出版費用。

第五段碰觸最現實的問題，也是她內心最掙扎的困境。她說：「從沒有想過靠出書賺錢／看著父親神采飛揚的臉／再看看母親／愁容滿面地敲著算盤」，在這資訊時代，網路興起，閱讀習慣改變，現今傳統書店很難經營，出書也很難賣！詩的第七段道出：「年輕詩人要成名／先要有曼妙的曲線／用知性將慾望蓋上頭紗／只露出微妙的弧度／／將文字加上／笑點、露點抑或虛偽正義的名號」，有點揶揄的自嘲，真實得讓人心有戚戚焉！

吳明娟是《笠》詩社最年輕的世代，這個世代出生在台灣解除戒嚴後，在沒有恐懼的環境下，自由學習閱讀成長，她同時創作詩與小說。綜觀《自由出走》這本詩集，部分曾在我主編的《笠》詩刊發表，當時閱讀她對社會現實的關注與反思，為愛與自由出走，為生活的土地感懷書寫的詩作，在在表現出她人生此期間的深刻感受。在自由民主的孕育下，喜於看見《笠》詩社新秀的創作能量，樂於推薦《自由出走》這本詩集給讀者，當讀者閱讀吳明娟的詩，跟著詩追求自由，心靈也跟著自由出走，讓內在外在充分自由。

自序

自由的追求
——從出走到回歸

《自由出走》是我的第二本詩集，二〇二二年發生了許多重大的事件，嚴重的戰爭情勢，國際衝突與能源危機，看到這些人類互相殘殺的資訊，我的情緒一直在醞釀，也藉由詩歌來抒發。因此這本詩集並不是一本談論風花雪月或小情小愛的作品。但它適合在你一個人靜心後細細閱讀，或許我們能夠有所共鳴，或許我們都能夠成為一股覺醒的力量。

自由是眾生出生來便渴求的事情，然而並不是每個人都能幸運出生在自由的國度。不同時代、國家、宗教、性別都能成為禁錮我們的枷鎖。也因此這本詩集中〈你總是有這種想望〉一詩便提到：

你總是有這種想望

就算這世界本身就是一處牢籠
你離不開空氣
但那種窒息的感受
你渴望完全的自由

掙脫這個身體
掙脫這個思想
掙脫這個社會

（中略）

天空的牢籠
社會的牢籠
家庭的牢籠
婚姻的牢籠
子女的牢籠

我們總是不斷在追求何謂真正的自由，無論是精神上或物質上的。也因此人只要越是被打壓，越是會反抗。因為人天生就是朝著光明與自由走去的。就連被關在家中的寵物貓，也會不時喵喵叫抗議，甚至逃獄。這也是我詩集中〈自由意識〉這首詩提到的：

每天早上吃完飯，小貓會在門旁一直叫
那股原始的慾望在牠體內流竄

（中略）

陰鬱黑暗的綠島監獄，
狹窄的方形窗口有光影與飛鳥掠過
他們都在渴望相同的事

跳躍與飛鳥吟唱

也因此這本詩集很大一部分，我把它歸類在第一輯：自由之歌，從烏克蘭戰爭、以巴衝突、印度與阿富汗女權危機，到蒙古、西藏人民被壓迫的議題。我不斷透過詩句反思戰爭與身為人的意義。

這本詩集會命名為「自由出走」，是因為「出走」代表我們不願再受困於現況、僵局，而我希望詩歌將推倒仇恨與國界的藩籬，讓下一代能夠自由歌唱。

身為一個個體，我們在生命的某一刻一定會面臨到探索世界（出走），與回歸故鄉（土壤）的議題。也因此第二輯「出走」，我多為分享出國遊歷或向外探索的心境，而第三章「土壤」則回歸台灣土地與家族情感。

這本詩集能水到渠成，我很感謝身邊長輩們的鼓勵，特別是《笠詩刊》的前輩們，願意給我舞台繼續發表我的詩與理念。還有我的父親吳錦發總是能夠關心我的寫作進度。感謝願意為我寫序的《笠詩刊》李昌憲主編與衛武營WeR藝術村陳姿仰執行長。

希望這本《自由出走》能夠完整紀錄我三十餘歲的心境與對世界的提問。每個人內心一定都有一位「反叛者」願意為這個世界提出疑問；因為疑問是改善這個世界的良藥，只有透過不斷反思，我們才能突破現狀，迎接更好的未來。

目次

輯二　出走

輯三　土壤

輯一

自由之歌

革命

他的思想讓我感到苦澀
激情面容下潛藏著黑暗

摯誠的心在烈陽下
展露無疑

但我擔憂
這股熱情
落山風降下
不知吹往東西

但我擔憂
這股熱情

引領鬥牛紅布
終會招致鮮血

這苦澀的革命思想
靜靜在九月被敲醒

二〇二一年九月二十七日

今晚．我來了

為了悼念躺在血泊裡的你
今晚，我來了

點一盞燈
乞求每一絲細微的光
找到方向回歸母體

我們的夢想
不在校園裡
不在那愛國歌曲

將那旗幟彎折吧
我要將它獻給你

為了悼念自由與民主
我的雙手已經上了銹

靜靜躺在你們的一側
直到那空洞的回音
不斷鑽進我的腦海
「公義、公義、公義」

親愛的學生們
今晚，我來了

這首詩獻給勇敢的黃之鋒等人。
他們在去年參加「六四」燭光晚會後被捕，其中黃之鋒入獄十個月。

二〇二一年十一月八日

那一天

同樣的臉龐
披戴在不同的時代
硝煙四起的各個街頭
上演著相同的戲碼

那同樣的臉龐
眼底有星光熠熠

吶喊吧，吶喊吧
像流星一般
打擊黑暗燃燒殆盡

同樣的臉龐
出現在高樓下的道路
在地下溝
在海平面

他們試著撲熄
使你沉默

吶喊吧，吶喊吧
你像春筍突然冒出
在每一個螢幕上
用尖刺再做一次突襲

我看到同樣的臉龐
出現在觀眾席的每個角落
有淚水靜靜滑落

紀錄片《時代革命》突襲日本FilmEx電影節有感。

二〇二一年十一月七日

彈孔

劊子手懂得利用自由的幻影
將肉放在飢腸轆轆的狗面前

你怎麼期望牠
不咬

劊子手生活在同樣的土壤
大地滋養出的是黑色的心

他擁有最忠誠的信仰
祈禱的手現在握著槍

他朝那奔向自由的女人

連開了十五槍
我看著彈孔在她的臉龐、胸膛、臂膀
鑿出幽黑的洞

最後一刻
她仍懷抱著希望

誰能告訴我
為何信仰有時能如此殘酷

我們是不是都聽漏了什麼？
我們是不是都誤會了什麼？

來自天上的聲音

一名欲逃離阿富汗的女權人士，被誘騙殺害在山洞裡。

二〇二二年一月三十日

火歌

火是沒有聲音的嗎？
它在你身上響起無數回音

那些人急忙把你架走
還是掩蓋不了

火應是帶著希望與溫暖的
當它在你身上霹啪作響時
生命的豪賭

你想相信人性本善
真相終會傳出

當歌聲無法改變這個體制
無法撼動整個族群的命運

你用火發出不容忽視的
來自一整個族群的怒吼

火是沒有聲音的嗎？
在無比黑暗的絕望背後
有一個生命的火光
悠悠唱著自由之歌

獻給自焚的西藏歌手旺羅布。

二〇二二年三月十九日

憂傷的馬頭琴

有人問我
馬頭琴拉來為何如此憂傷

在幅員遼闊的草原
拉起了故鄉的終曲

我們是被遺忘的部族
來自驍勇善戰的騎士

我們是被切割的腹鰭
從魚身被出賣、拋售
被遺落的
只能漸漸腐朽

馬頭琴你為何如此憂傷？

德王逃亡以來
他的兒子、部隊、家族、貴族
那獨立種子被摧毀殆盡
遼闊悠長的悲傷琴音啊
請覆蓋過罪惡的槍響！

腹鰭只剩最後一角
蒙古的軍隊、信仰、學生
連出生的語言也要被剝奪

魚雖然流著血
但不會眷戀腹鰭

腹鰭
卻再也不能
回到魚身上
只能不斷、不斷沉落……

妳問我
馬頭琴音為何如此憂傷

當妳再也聽不到一個真正的蒙古人為此吟唱

對南蒙古被強迫使用漢語授課的迫害感到憂傷，更以此詩表達支持流亡法國的南蒙古大呼拉爾議會中文發言人布宏夫。

二〇二二年二月十一日

打轉

這個世界一直在打轉
從有人類以來的征伐
興起的，滅亡的
集權的，自由的

統治者們重複同樣的決定
國家利益的，種族優越的
權力與貪婪

子女繞著父母打轉
老來繞著子女打轉

這個世界一直在打轉

從人的健忘中不斷重複
歷史小說、紀錄片、紀念館
我們用一支牙籤，欲撥正輪迴的巨輪

惡的草苗
隨著人的肉體
興起又衰弱

這個世界
還是一直
打轉、打轉。

俄國攻擊烏克蘭的第一天。

二〇二二年二月二十四日

沒有聲響

恐懼
她沒有聲音
寂靜異常
信仰也是

當第一、第二、第三顆砲彈撞擊地面之後
四周是黑的

就像
當第一、第二、第三次獨裁者的叫囂
被掩沒在酒吧的喧鬧

沒有人相信

我們才戰勝病毒
又再度面臨挑戰
就像當時人們是如何嘲笑肺炎

我們習慣漠視
對生命也是
對死亡也是

在砲擊聲響起之前
沒有人感覺是真的

我們被
距離、視覺疲乏、新聞轟炸

我們在
留言區高談闊論、指責、哀慟

但沒有友軍進來

就像沒有人相信這是真的
大家依舊輕啜咖啡店的咖啡
從股價起伏談論戰爭的影響

就像這不是真的
烏克蘭的老婦
必須質問士兵
你為何在我家門口

還是沒有友軍進來

恐懼隨著冬雪融化、蔓延
祂透明而沒有聲響

當死亡吻上你的唇

俄羅斯侵犯烏克蘭的第二天。

二〇二二年二月二十五日

一束花

插一束花
不是為了浪漫的想像
不是為了取悅任何人
為了紀念這個鮮紅的季節

花束充滿層次的紅
向四周延展

那炮彈擊中你心臟時
綻開的弧度也是如此
緩慢而優雅的一秒
便墜入無盡的黑暗

買這一束花
不是我故作風雅
或妝點住所

如果可以
我願把它們
撒在硝煙四起的街頭
擺放在每一個街角

紀念那些
因一個人
巨大醜惡的雄心下
所逝去的
美麗靈魂

獻給烏克蘭。

二〇二二年三月十日

有一種精神

在初春敲響戰火是大忌

春天應是萬物復甦
母性孕育幼仔之時

他們用砲彈代替知更鳥報春
用子彈將生命捻熄

初春應是萬物復甦之時

但他們低估了
從焦土中生出的玫瑰
那是一個國家的靈魂

他們將民主與自由
放在生之上

但他們低估了
消息順著融雪流出
那些信奉民主自由的人們
前來捍衛這個國家
將他人放在自己的生之上

初春應是萬物復甦之時

從殘破的建築中
我看到一種精神正在復甦
它已耀眼到所有國家都無法忽視

我看到了一種
最純潔、最高雅的花朵
在世界各處的人們心房綻放。

獻給烏克蘭與所有盡心盡力的人們。

二〇二二年三月九日

知更鳥的春天

——哀烏克蘭

砲彈撞擊地面之後
城市寂靜異常

紅色勢力的侵襲
多年來，被咖啡館的和平所掩飾
就如同一切不是真的

突破病毒之網的知更鳥
被砲擊聲震落
墜在一片空無

二〇二二年之初
邪惡以另一種姿態復甦
黑土升起了病歿亡靈的呻吟
牠沾染上知更鳥的尾羽
降落在俄國皇宮的窗口

在冰雪融化前
一列迷途的蟻隊，肆意橫行
如沒有信仰的空殼，寄宿在鐵之盔甲。

第三日[1]
知更鳥從血色的坑洞轉醒
飛舞著
將春天的花瓣灑落，烏克蘭人民殘破的身軀

---

1 指耶穌在被釘死在十字架三天後死而復生的事件。

在壕溝、在街角、在井底
地獄升起潔白高雅的花朵
花莖連綿延伸直到世界的盡頭。

第四十日[2]
知更鳥從天上傳來一聲春啼
希望隨著融雪流向歐洲、美國、台灣。

在黑暗中也能孕育光
如大爆炸以來
從虛空中生長出萬物
你能從黑暗中看見光嗎？

---

2 指耶穌升天的日子。

從知更鳥沾聖血的胸脯[3]
預見烏克蘭未來的千百種可能。

[3] 根據英國古老傳說，當耶穌被釘十字架時，知更鳥飛往耶穌耳邊唱歌紓緩耶穌的痛楚，耶穌身上的血於是染在知更鳥身上，自此它胸脯羽毛的顏色便變為鮮紅色。

罪

一位印度女性
因露出肚臍被榮譽槍殺了
坦克壓過田野
一名烏克蘭的少女被輪番強暴
載運豬隻的貨車行經城市
一隻豬仔發出不安恍惚的悲鳴
深夜爬行的蟑螂
被我用酒精處死
人類到底是一種怎樣的生物呢？

內心隱約有些抽痛
豔陽日下微風輕輕拂過髮梢

眠

妳說花蕊會被春風吹醒
火苗滅了只是進入冬眠

蜂蝶在女人的春季飛舞
淺嚐青春曼妙曲線

但我只想入眠
在最漆黑且深的黑洞
像一粒種子
在接受水與光之前

只是在夢境中徘徊
在前世的光影中

尋找妳的輪廓

妳說花蕊會被春風吹醒
但我只想入眠

把戰地砲聲轉變成曠野雷鳴
泥濘中的軀體是睡著的布偶

我只是在夢境中徘徊

當歲月像沾了茶漬的破布
在我的心靈與軀體上蔓延

我只是
夢著、
醒著。

做著夢、
再醒來。

像一粒種子
不知道明天要朝向哪裡，發芽。

二〇二二年四月五日

善與惡

小小的雛菊殞落了
她全裸著
趴伏在家人身上
就如同她剛出世時
稚嫩的雪肌沾著血

我看到
屠宰場的豬隻，無法決定命運地被屠殺
掛成一長串的肉體。
戰場裡的人民，來不及逃離命運被殺害
壕溝裡破碎的軀體。

怎麼死，能決定如何生嗎？
我們用什麼去定義善與惡的絕對平衡

他開出第一槍，是恐懼
第二槍，是憤怒
第三槍，是懦夫
然而這是如此平凡的邪惡。

今日，小小的雛菊殞落了

大地輕輕嘆了一口氣
隔日，焦黑的土壤冒出一株新芽。

紀念在烏克蘭戰爭中被犧牲的無辜小女孩。

黑暗面

教堂內辦了年度攝影展
在上帝面前赤裸展露罪
光明處下
陰影恣意蔓延

年度抗爭、年度戰爭
盜獵與大火

骨瘦如柴的人躺臥河口，任河水浸漬雙腳
銅鈴大眼的青年背著，一把與他不相稱的步槍

荒唐與混沌
不安與恐懼

教堂內揭露了年度最佳相片

在上帝面前懺悔惡
可不可以截止陰影蔓延？
年度的罪惡
只能在和平處被立起
靜悄悄展示

當我閱覽黑暗面
心中靜靜告解。

二〇二二年五月十七日

和平下的陰影

夏日的豔陽，灑落27度的微風中
鮮綠的樹叢，嫩葉抖動金白光芒

自然中傳來上帝的輕吟
在這夏季的尾聲

遊客穿梭荷蘭著名的街角
喧鬧和平的氛圍

台灣工在柬埔寨的牢籠
陰暗洶湧的罪行

陸軍的飛彈橫行台灣上空

迂腐不滅的信念
在這夏季中發生
人是殘殺同類最多的生物
這樣平和的假面下

然而
半透明的葉面閃現神聖的光環
我懷疑陽光是否能洗淨人類？
我懷疑陽光是否能照亮陰影。

二〇二二年八月十九日

自由意識

當一個小女孩哭著說她的貓走失
電話那頭的女士驚訝地拉高尾音
：「小姐，我們這裡是政府單位，有主人的動物，我們無法拯救」

無法拯救，因為牠的身體被放入了晶片
一個理當帶來幸福的晶片

那一年，女孩從火化的軀幹中看到
送葬者，遞來灰化的晶片要她簽字

摸著她的頭說：「我們無法阻攔一隻貓的自由意識」
牠們身為優雅跳耀的獸，總有一天會逃離
妳無法拯救

無法拯救，消防員也是這麼跟她說的
他們不再拯救人類以外的生命
那是動保處的事
但那女士才剛拒絕了她

女孩無法理解為何晶片改變牠的命運
每天早上吃完飯小貓會在門口一直叫
那股原始的慾望在牠體內流竄

陰鬱黑暗的綠島監獄
狹窄的方形窗口有光影與飛鳥掠過
他們都在渴望相同的事

跳躍與飛鳥吟唱

「我們無法阻攔一隻貓的自由意識」
話筒中女孩似乎聽到耳邊有字句在飛翔

二〇二二年一月一日

生命的重量

次郎長大了
牠從學校被帶走
說是要帶去屠宰場

學生們哭成一團

次郎不是豬
是孩子們的朋友
是孩子們的孩子

次郎如此信賴著
純真的心

隔天的便當
是炸豬排蓋飯

孩子們盯著飯
一口都吃不下

老師慎重地說著
：「感謝次郎」
讓我們上了一課
讓我們瞭解什麼是感激

有人再也不吃豬肉
有人哭過後又禁不住誘惑

次郎的命運從不是自己可以掌握的
什麼是需要孩子學習的，從不是孩子能夠掌握的

我們能夠知道的是
一個生命的重量
不分任何物種

二〇二二年一月二十七日

不是妳的錯

不是妳的錯
當朋友問起
我總是用依戀的神情，歌頌妳的美

妳翠綠豐腴的曲線
魂牽夢縈的香氣

不是妳的錯
當世代交替
我能夠用一首歌曲，來紀念悲劇

妳的軀體曾埋葬了多少
理想與正義的熱血。

不是妳的錯
當新聞提起
我曾向朋友吹噓，這裡是幸福的國度
我們已經跨越最慘白的時代
整個世界都為妳張開了雙臂

但真的不是妳的過錯

我們被繁華的景色迷惑
我們被無盡的美食豢養

啊，莽原隨著海風顫動
一名女子
在最和平的年代

被棄屍在她最深愛的土地。

為近期台灣層出不窮的冷血詐騙虐囚事件所寫。

靜音

鬱鬱悶悶的夜晚
被發現做了應該的事
但為什麼被責怪？

潔白高雅的花束本該恣意在春天的夜晚綻放
但我們為什麼害怕？

什麼時候這世界的高牆可以被跨越赤足奔跑
原來要成為一個自由的人首先要沒有思想
但，沒有思想又會是怎樣？

這個世界到處是銅臭味快要聞不到妳的芳香
需要處處提防、需要掩蓋光芒

原來要成為一個自由的人首先要沒有思想

發言權

臺語翻譯協助：詩人謝碧修女士

這咧、彼咧、閣有彼咧
黑裙無現貨嗎？

請問？小姐，借問一下
欲講出的字句窒佇齒縫

無管前後順序
只看銀票高低

無錢、無錢，我無錢啦
欲問的字句只有哽佇嘴內

大人說話，囡仔惦惦

官員發言，耳仔覆覆
欲問的字句
越來越細聲……

像不敢發言的學生
佇課堂內頭犁犁

想欲發聲的字詞
煞變成空氣

真重要嗎？
其實，一點嘛無重要。

怎樣的文化教育，形塑未來孩子發展的模樣。
我們是不是能多重視發言權呢？

仇恨生出仇恨的花

仇恨只會生出仇恨的花
霉點不能沾上純白土司

是誰給自我毀滅的人
一把槍？
是誰給失去至親的人
一枚炸藥？

仇恨只會生出仇恨的花
當純白土司被霉絲占滿

兄弟背行
就註定無法待在一個家

弱者成為強者
強者欺凌弱者

一個虛偽的正義之聲
空洞洞敲響誰的腦袋

復仇、復仇、復仇！

人類，註定自我毀滅
當無法深掘焦黑土壤底下的芬芳

和平不是來自空洞呼喊的正義口號
同源生出同理的花
憐憫、憐憫、憐憫。

當我們意識到沒有所謂的絕對正義，亦沒有絕對邪惡。我們也不是絕對的自己，而是跟地球萬物緊緊相連。

獻給以巴無止盡衝突中犧牲的寶貴生命。

歡迎搭乘夢之船

夢
斑斕的夢
請在這裡上船
請不要遲疑

暗
吞噬一切
不小心就會覆滅
所以請您不要遲疑

在黑暗襲來寒風刺骨的旅程
有一艘艘朝夢想前行的船隻

我內心的光芒時而明滅
如在玄黑宇宙伸長手臂
因為這世界是無情的浪
夢想撞擊海面心就淌血

所以詩人們
請在這上船
讓我們用五彩的夢
去慶賀，去吶喊
蓋過隆隆炮火聲

請不要遲疑
這是一艘夢之船
輝煌閃爍的心之光芒
將帶領我們駛向和平

所以詩人們，吶喊吧！
歡迎您搭乘夢之船。

雀樹

秋樹也懂人間的苦
一夜禿了頭
妳說：「別哭、別哭。」
在春天來臨前
就讓我的家族
點綴你的枝椏
雀樹成了悲苦艱難時刻的
奇蹟風景。

在混亂世面的人道危機之下，人類的團結更是彌足珍貴。
以巴衝突持續中。

二〇二三年十月十九日

你總是有這種想望

你總是有這種想望
就算這世界本身就是一處牢籠
你離不開空氣
但那種窒息的感受
你渴望完全的自由

掙脫這個身體
掙脫這個思想
掙脫這個社會

你總是有這種想望
你渴望完全的自由
就算這會讓你窒息

沒有這一切
你會是什麼？

天空的牢籠
社會的牢籠
家庭的牢籠
婚姻的牢籠
子女的牢籠

你總是有這種想望
若能夠得到完全的自由
你會開心嗎？
還是像被遺棄的孩子？

自由是什麼？
是一首奔放的歌無法預測曲風

是舞動的四肢隨心而喜地顫動

是背離一切
或處之泰然
是烏托邦
或異世界
我只知道那是原始的渴望
沒有人不渴望完全的自由

輯二

出走

種子的旅程

從闇黑破土覺醒
向四周無限探尋

種子
在溫暖潮溼的土壤
飲母親羊水的滋養

種子
急欲踏上征服的旅程
探索四季色彩的繽紛

那裡是否有生命的解答？

當你行走在分裂的土地
腦海刻畫卻是家的形狀

種子
懂得風中帶有歸途的曲線
綠色的血液裡流淌著記憶

當種子歸根時
每一寸毛細孔都在歡呼

它們在發光、慶賀
再度踏上這片土地

這片土地
我們稱之為心之故鄉。

安迪・沃荷

我不相信死亡
因為逝去時已感覺不到

感覺不到
七零年代的朝氣
美國綻放的花朵
飄落在54舞池中
為多色跳動的肢體
慶賀這時代的芬芳

我不相信死亡
因為逝去時已感覺不到

感覺不到
時代的符號傳遞虛無的吶喊
將色彩沿著美麗人們的輪廓描繪
用畫筆的陰影將死亡與信仰帶過

但我們都感受到了
在中央公園的那場雨
晴空吹來狂暴的訊息
人們在雨中舞動、高歌
為革命的春芽欣喜
又為愛滋的隱晦落淚

我不相信死亡
因為逝去時已感受不到
我僵硬的外殼內

住著纖細的白鴿
牠從閃光燈後脫逃
在午夜城市中飛翔
甜蜜的幽會與愛
藏匿在畫布符號

親愛的
那是否會被帶走
那是否會被帶走？

獻給安迪・沃荷*與那個年代。

---

* 安迪・沃荷最為人所知的創作為人像畫系列（瑪丹娜、貓王、毛澤東），他自嘲自己如人像畫家。而安迪・沃荷的死亡系列給人強烈衝擊。他生前最後一個展覽「最後的晚餐與宗教系列」更是將宗教藝術推往另一個新高度。紀錄片推薦：《安迪・沃荷：時代日記》。

巴黎

人們將戰爭的遺址與不朽的信仰全都放在這個城市
浪漫的想像
在噴泉下，男孩輕撫女孩耳畔訴說著愛語

但街道的色彩是灰白色
冰冷的心型鎖布滿了橋欄杆

一個女留學生在橋中央低聲哭泣
這兒的男人不如她所想像
那昂貴的卡布奇諾，奶泡下潛藏苦澀滋味
觀光客懷抱著夢想，為了一睹《蒙娜麗莎的微笑》

羅浮宮外的馬路旁，一對兄弟正拉著小提琴
琴盒裡不到五十歐元，這是支撐他們夢想的重量

這個浪漫的城市
由每一個懷抱粉色想像的人所構成
當地人與外來者的角力
用優美的法語抵抗英文的入侵

蒙馬特的山丘孕育無數藝術家
還有那些在暗巷與狡兔酒吧流連的醉漢
畫家用他的魅力，將素描變成遊客口袋的鈔票
聖母院在大火中吶喊，燃燒掉這市儈的餘氣
殘留百年的石柱依舊佇立

從繁榮到落寞的站台不過三十分鐘車程
一個年輕男子摟著身材火辣的女友

他正要送她去紅磨坊上班
在站台上愛侶撕扯了起來
為生存在這瘋狂的城市，他們耗盡一切
從少女溼潤的瞳孔
我看到這座城市苟延殘喘的幻影
男子堅毅地在站台用西語對她大吼

我愛妳

我愛妳

我愛妳

情侶的身影漸漸重疊
幻化成一個深情的吻
冰冷的風中我聽見有樂聲在飄揚

二〇二一年十二月二十日

下午2:47

下午2:47
車站運河的水紋被颸風擾動
雲層左斜、右斜
天色透出虹光

車站外
橋與道路交織網布
旅客自信、雀躍、貓步，逆風或順風
在人生的旅途中起舞。

聖尼各教堂
在歷史與今日的臍帶上
沉默地為旅人吟唱

一首動人的聖歌
穿越時空
燭火燃燒掉旅者的祝願
阿姆斯特丹
在乾涸的血跡上頭，長了一朵鬱金香
在冷冽風中與群樹搖擺。

二〇二二年五月十二日

百年哈倫

從紅瓦磚頭的隙縫
透出海水潮溼鹹味

一隻海鷗，發出難以言喻的怪聲
我的心頭像被榔頭重擊

牠掠過古老的磚頭小巷
一路飛向東方

我臆想，你正拖著歡愉且蹣跚的步伐
無力地倚靠在異國牆角

清晨的光透過你的身軀

形成了模糊不清的陰影
這是一個被歷史刻蝕的海邊小鎮
從凹陷的鑿痕，可窺見幾世代的情愛糾葛
我坐在舊城鎮的邊緣，望向你所在的地中海
就像同極的磁鐵，你被推向尋找自我的旅程
有對情侶並肩漫步，順著運河的水步向大海
金黃夕陽灑落身後，像黃金鑄造的婚戒光暈
我依舊默數你歸來的日子
那是珍藏盒裡彩色貝殼的數量
而北海的風飛越哈倫
像數百年來探尋世界的船隻

我像一座燈塔，靜默地佇立在海灣
期望你停泊時，將燈輕柔灑落那疲憊的棧板。

紀念荷蘭海邊古城哈倫市（Haarlem）。

當飛機起飛時

當飛機起飛時
世界是斜的

土地離開鞏固的水平線
在天空飄浮

黑夜中，城市的光
隨著上升而密集地閃爍

我俯望
那地面的銀河

當飛機起飛時
世界是斜的

我的視野跳脫韁鎖
我的心，沒有了根

人類是如何孤寂的存在？
離開了地面都是一樣的

我從不同的角度
發現新的可能
來自恆久不變的道理。

折翅的烏鴉

鳥從飛翔中墜落會怎樣？

我看到一隻折翅的烏鴉
揮舞著牠烏黑發亮的喙嘴
低鳴兩聲，跳著鑽入樹叢

黑色是不吉祥的顏色
背負宿命的單翅無聲揮舞

一種
帶有節奏的詭異舞步
滑稽卻恆久的孤獨

你說還有五十年的光陰可以虛度
像生命的旅者恆久被困在獨木舟

黑色是一種偽裝的色彩
深沉自傲有獨行的高度

鳥從空中墜落，會怎樣？

靈光乍現後
悠悠徜徉在時間的迴旋。

二〇二二年五月十六日

北極星

橫躺著看北極星
它孤獨高掛，在遠方建物上空

當它閃爍
似希望明滅

青白轉化紅白
我懷疑它正和緩移動
閉上雙眼
下一秒，會不會不見？

橫躺著，看空洞窗口
一顆星，點綴在無窮夜空

當它閃爍
似希望明滅
閉上雙眼
下一秒，你會不會出現？

二〇二二年五月十五日

孤獨

魚會寂寞致死嗎？

在被人遺忘
未搬遷完的公寓雅房
我發現一隻寂寞致死的魚

藍色魚鰭溶於發黃的水
一缸坐困愁城的苦汁

漆黑角落的四方牢籠
魚是絕望致死的嗎？

被所有人遺忘的獨行者
靈魂也會孤寂致死吧

二〇二二九月十一日

逆風

風大的日子
令人害怕
無論是順風或逆風
失去了方向
該停下來嗎？
或，硬著頭皮向前
路，
連綿而長遠
只要稍有不慎便會跌落

我只能和緩地、戒慎地
一步步向前

或許
有時
停下來
看一看美麗的風景。

冬

冬，一種嚴寒的想像
隔著窗，我的心靈之樹在風中搖曳
冬，一種蕭瑟的景色
隔著耳膜，吐出的情話在呼嘯中消亡
一扇窗，阻隔了惡與希望
我在安全的暗處，漸漸步向終點
在冬季的終點，或許還能保有一點自我
從棉被的土壤，或許能出芽撥開窗之縫

打開一扇窗，想像春之初
我在雪地的亮處，漸漸找到融化的活水。

微笑殺手

微微笑，我很好
只要早晨的咖啡與溫暖的床
無論牆裡、牆外

微微笑，我很好
只要一杯咖啡與舒適的床
上班打卡、下班酒吧

真實地過活，不靠虛偽口號

天氣寒了
心情溼了

簡訊沒了
微笑呢？微笑呢？

早晨的咖啡與溫暖的床
虛假的生活

螞蟻列隊緩行，鞋子沒有眼睛
扣下槍的板機，將看不到子彈

微笑殺手，對所有人微笑

笑久了，就看不到最真實的東西
笑久了，什麼東西看來都不真實

微微笑，他不好
微笑殺手
是藍色的現代殺手。

謹以此詩希望更多人重視微笑憂鬱症。

無人街道

中午陽光有點溫度
海風捲起路旁孤寂的塑膠袋
三兩隻信鴿在路燈上話家常

無人的街道
世界竟如此神聖靜寂

不像時常被描繪的，世界末日光景
沒有戰火、沒有噪音、黑煙的引擎停止運轉、沒有核汙廢水被排放。

當人類消失
倖存者得以再度呼吸

無人的街道
竟勾起如此幸福的末日想像

破爛腳踏車

阿伯騎破爛腳踏車
冬天一件薄薄襯衫
破爛襯衫有個開口
隨性粗糙針線縫補

阿伯自己縫補的破爛襯衫
他曾有一個老婆
到哪裡去了呢？

阿伯騎破爛腳踏車
只有一件老舊襯衫
布滿油汙與一個口
初冬涼風滲進細縫

阿伯自己縫補的破爛襯衫
他曾經有一個家
到哪裡去了呢？
阿伯只是一直騎呀騎
慢慢騎呀騎

嘎吉、嘎吉
嘎吉、嘎吉啊

我聽著腳踏車
嗚咽著為阿伯落淚

輯三

土壤

九二一

那天從海裡漂來奇怪的魚
帶來徵兆
那天夜晚土地裂開了大縫
帶來恐懼
這份恐懼在每一年的今日
複製貼上
直到我瞧見
門口的茉莉綻放
直到我瞧見
暗夜的山路裡冒出點點光芒
就讓今晚的大月亮
柔和照耀
每個人的心房

九二一的記憶是每個台灣人的傷，今晚剛好遇到中秋月圓。

二〇二一年九月二十一日

女人

他說
海洋有母親的紋路
墨藍色的羊水之中
有生命在漂浮

他說
大地有母親的包容
用沃土親柔的覆蓋
有生命悄然出芽

他說
溪流如母親的秀髮

交錯覆蓋在山巒的臂膀
有生命跳躍嬉戲

他說
果實有母親的奉獻
鮮甜果肉將子包覆
食用肉身後生命意外探頭

他說
女人生來就是母親
凸出隆起的腹部
充滿生機的山巒

女人生出男人
在部落中我們敬愛她

她說
哺育著的也被哺育
從她枯萎平坦的小腹
有慈悲綻放

阿美族人的五種「孕育者」：海洋、土地、溪流、有種子的植物、女人。

二〇二一年十二月十二日

愛河水上的孩子

白色風帆
乘著下午的風
往左、往右
或往前

愛河墨綠的水面上
閃耀白金色的波紋

有孩子在河道旁奔跑
在他背後
濁臭的水與歷史漸漸消散
一路流向大海

白色的風帆
在河面上旋轉、打轉
似乎迷了路
朝四面八方擴散

孩子在船上
向左傾、向右傾
幼小的身子
使出全數力氣

在歡鬧與呼喊中
最終他們排成一條線
駛向愛河盡頭那一方

二〇二二年一月十一日

聚會

阿嬤的瞳孔
帶有憂鬱的光

眼角的細紋
在後輩的歡笑聲中
往下拉

每笑一聲
垂落一寸
直到
壓垮那豐腴的臉

阿嬤的瞳孔
訴說著孤寂

上個世代
坐在
這個年代的最角落

一張黑白的照片
貼在
全彩的相簿中

久違的聚會
拉出阿嬤
好長好長的沉默

十字架後的圓月

回家路上
不知不覺
已到了這時節

鬱黑無星的天幕
一顆黃橙橙的月
躲在十字架背後

不知不覺
已過了而立之年
黃澄澄的滿月
依舊被雲霧半掩

不知不覺
父親已到了
信仰神的歲數

在曠野中
比窩在厚重被褥
舒坦的歲數

如果滿月可以代替流星許願
請讓十字架的光芒
照亮他
最幽暗細微的
靈魂深處

二〇二二年一月十八日

虹光

從廁所的窗玻璃折射出彩虹的虹光
這是前所未見的景色

就像從汙泥中
有蓮花綻放

在罪惡的國度
有自由要被孵出

七彩的人生幻夢
不經意地上演

二〇二二年二月十七日

奇亞籽

與水一同被倒掉的殘籽
今晨
在盆栽的一角
冒出茂密的新芽。
啊！
生命。

二〇二二年六月二十五

腳的重量

從不知道腳有多重
不是以
公斤或英磅來計算
不是以
年齡或肌肉量來演算
只需要
一步
足以扼殺一個生命的一步

二〇二一年十月十九日

年輕詩人的崛起

一

對這荒謬社會
我發出了第一聲呻吟

將筆鋒削尖
在紙上進行廝殺

用疊字和韻腳
還有那晦澀的意象
勾勒出我赤裸的心

二

Po出不知道第幾則的詩
有三個人按讚
一個是爸爸
一個是好友
另一個是前男友的姐姐

三

將所有的故事
集結成一本書
抬起頭
便要去拜託長輩寫序

四

詩人這樣的職業
讓人吃驚
尤其在這初芽綻放的歲數
不禁讓人揣測
是哪家的公子哥

五

從沒有想過靠出書賺錢
看著父親神采飛揚的臉
再看看母親
愁容滿面地敲著算盤

六

前輩們是怎麼熬過來的？
錢鼠般在黑暗中挖掘隧道
用文字爬刮真理
孤獨的形狀
在燭火下
越來越清晰

七

年輕詩人要成名
先要有曼妙的曲線
用知性將慾望蓋上頭紗
只露出微妙的弧度

將文字加上
笑點、露點抑或虛偽正義的名號

年輕詩人要成名
告訴女孩們、男孩們
要怎麼生活
用紅線畫出重點

真理變成一個空格
它成為隱形的象徵
藏在年少輕狂的心臟背後

當母親放下算盤
或許它會浮出水面
露出微微一角

老司機

這麼老了，還可以開車嗎？
他們說，七十五歲後的老人就失去主控權

迴轉的車子窗口
戴墨鏡的老司機
今天一樣在賺錢養家

茉莉灣

在茉莉灣前的一小段路
這裡是旅人駐足的地方

百年來往的過客，行過山海間隙
也會在黃昏時停住腳步吧？

金黃色的落日，在地平線的彼端
從天國伸出手，便虜獲一艘貨船。

百年來往的過客，行過山海間隙
也會歇憩前往那迷人的灘頭吧？

與浪纏綿，雞蛋大的石子
是山的子民。

在地與海之間滾動，嗚咽隆隆
震耳的砲聲。

在茉莉灣灘頭海是平的
這裡曾是日軍駐紮的營區

在地與海之間刨挖，嗚咽隆隆
蚯蚓洞的密道

百年來往的過客，行過山海間隙
早已淡忘舊時遺址

只有妳，茉莉灣
只有妳，美麗的茉莉灣

紫牽牛夕陽下的海洋墨寶
千變萬化的藍色緞帶
孕育著生命與愛
只有妳，美麗的茉莉灣

二〇二三年二月二十七日

我的思念與你無關

我的思念與你無關
你是回憶之海的輕舟
在翻騰裡飄搖
濺起漣漪
一朵朵，無名的臉

我的思念與你無關
你是回憶之海的裂縫
在真心塌陷的地方
旅者無心
一片片，雪似的酥胸

我的思念與你無關
它在海面沉靜前觸動
在神聖的信仰面前
透過字句
一句句，從一而終。

新芽

新芽，不是為食物豐收而喜悅
而是單純因為生，而喜悅

新生開始了，前面的道路還晦暗不明
但我只想慶賀，為你的漸漸茁壯歌唱

為土壤、為希望、為脫去舊殼
歌唱

種植一個月有的酪梨籽，真的發芽了。雖然緩慢但持續成長。

一朵小花

麻雀在展露嫩芽的枝頭歌唱
母親送的玉蝴蝶*轉眼開了花

紫白色的小花
她孤挺而纖細

在焦黑龜裂的心房
在澄淨帶鹹味的淚珠
綻放

微風攜著春天降臨巷口

---

* 巴西鳶尾花又名「蝶花」、「玉蝴蝶」。

炙熱太陽熨乾所有哀愁
紫白色的小花
她純潔而堅定

在阻隔兩顆心的裂口
在晦澀不清的念頭
綻放

一朵帶來愛的小花
一朵帶來希望的小花

春花

都市裡的樹群
到了春天
難免生機勃勃
金黃色的地毯
淺紫藍的洋裝
聖潔的樹群
在都市各地綻放
風中帶有馥郁花瓣的香氣
當我走在灰濛陰鬱的街口

你嗅到了嗎？
生命喜悅的歌唱
無論在任何地方

你看到了嗎？
人造水平的盡頭
生命總垂直向陽

無論在任何地方

風中帶有幽幽沁涼的芬芳
當我經過衛武營大道路旁

群游

期待與一群會唱歌的魚
共游

游來山與河的交界
游向河與海的邊緣

滬尾的港口[1]
遺留哈倫的紅磚[2]
舊時的航道
潛伏在歷史中明滅

---

1 淡水區舊稱「滬尾」。

2 荷蘭哈倫市也曾經為輝煌的港口。

期待與一群會唱歌的魚
共游

游到淺灣處相濡以沫
巡游回大海孤獨深潛

金黃河道
禮拜著永恆的肅穆靜寂
不滅金球
親吻著水面跳躍的魚群

啊！但我忘了，詩人是貓
我誤把微笑的波粼看作，看作一群唱歌的魚

一隻黑貓在淡水河口
等待會不會有這麼一條魚
對牠輕輕唱流浪之歌。

絕種獸的語言

誰的夢在水底明滅？
出世的夢在水面
如最後一朵璀璨的蓮
滅絕

還有多少夢，多少詩人
移民與信仰，愛與離別

在這鹹甜、鹹甜的河路
划向淡水夕色尾羽
吟唱絕種獸的語言。

聆聽完動人悠久的日本俳句後有感。

晚風小夜曲

高雄港的海風
喜歡高樓風景
他們聚集、嬉戲
俯衝而下

高雄港的海風
在高樓上呼嘯
他們看盡、繁華
人類徒手創造

海風一直颳、一直颳
從不停歇。

從紅毛漁村捎來的魚腥味
轉瞬化為貨櫃碼頭的油耗

一直颳、一直颳
從不停歇。

海風只是歷史氣味的傳遞者
盤旋在高處，吹往每戶人家

氣味化作記憶與鄉愁
在嘴中咀嚼後吟唱
一首小夜曲
來自高雄港的風
只是一直颳、一直唱。

二〇二三年十一月十二日

聽羽毛在暗夜裡歌唱

微風在午夜到訪
羽毛輕柔擁抱它

你曾是一隻自由之鳥的羽翼
沒有了主人會不會孤單？

不，我從沒這麼快活
與白骨及石頭相處
我們懂得死亡的奧祕
靜靜躺臥黑暗的長河

不孤單，有你在午夜到訪
你將生之氣息吐在我身上

便是一長串舞動的輕柔歌曲
只有內心理解死之神聖者，聽得到
只有懂得欣賞死之美麗者，聽得懂

星星掉落的地方

每一顆貝，曾經住有一個靈魂
每一粒沙，曾從山的那端流浪
天上的星灑滿南方溫柔海岸
他們決定在這黑色沙灘長眠

貝塚歡迎不同老靈魂
黑板岩、色玻璃、紅磚瓦。
小沙蟹、妳的笑顏、還有一顆遺忘許久跳動的心。

二〇二三年十月二十四日

詩・歌

他說
音樂的旋律無關乎字句
原始的節奏在血液脈動

不同語言的人
圍起圈*
手臂架緊
哎呦！嗨呦！
聽，澎湃海洋
拋高、拋低

---

* 指台灣阿美族豐年祭的舞蹈。

音樂的旋律無關字句？
流傳的故事
古老的戒條

我的血液滾燙
在那一夜
瘋狂旋轉的圈
汗水被甩乾
律動還存在

字句最終還是組成了詩歌
詩歌啊
是先有故事才會觸動
還是藉由先人的眼淚譜寫

聽，澎湃海洋
拋高、拋低
這詩由無名情緒展開
沒有結局、沒有教誨

聽
豎起耳朵聽
呼吸聲裡帶有海的韻律。

我

情緒與回憶構成了我
那就是全部的我嗎？
在時間的長河
遇見一年、十年、二十年前的我
會是同一個我嗎？

在時間的長河
我們習慣編織記憶羅網
水有記憶、土壤有記憶、靈魂也有記憶嗎？

但
如果我不是身體，也不是我的思想
全部的我便會消失？

或許
什麼都沒有
卻什麼都有
聽，宇宙在呼吸。

二〇二三年十二月二日

PG3068　秀詩人124

自由出走

作　　者／吳明娟
責任編輯／邱意珺
圖文排版／許絜瑀
封面設計／張家碩

發 行 人／宋政坤
法律顧問／毛國樑　律師
出版發行／秀威資訊科技股份有限公司
114台北市內湖區瑞光路76巷65號1樓
電話：+886-2-2796-3638　傳真：+886-2-2796-1377
http://www.showwe.com.tw
劃撥帳號／19563868　戶名：秀威資訊科技股份有限公司
讀者服務信箱：service@showwe.com.tw
展售門市／國家書店（松江門市）
104台北市中山區松江路209號1樓
電話：+886-2-2518-0207　傳真：+886-2-2518-0778
網路訂購／秀威網路書店：https://store.showwe.tw
國家網路書店：https://www.govbooks.com.tw

2024年8月　BOD一版
定價：290元

讀者回函卡

國家圖書館出版品預行編目

自由出走 / 吳明娟著. -- 一版. -- 臺北市 : 秀威資訊科技股份有限公司, 2024.08
面 ; 公分. -- (語言文學類 ; PG3068)(秀詩人 ; 124)
BOD版
ISBN 978-626-7511-02-2(平裝)

863.51 113009902